ROBERT DE SOUZA

HYMNE A LA MER

POÈME

DIT PAR Mlle LUCIE BRILLE

DE L'ODÉON

DANS LE GRAND AMPHITHÉATRE DE LA SORBONNE

pour l'Assemblée Générale de la Société Centrale de Sauvetage des Naufragés
le 10 Mai 1908

ÉDITIONS DE **LA PHALANGE**
6, villa Michon, 6 (rue Boissière)
PARIS

à Maurice Barrès,
pour qu'il soit plus sensible
à la loi de la cause

Robert de Souza

HYMNE A LA MER

Tirage à petit nombre :
150 exemplaires.

ROBERT DE SOUZA

HYMNE A LA MER

POÈME

DIT PAR Mlle LUCIE BRILLE

DE L'ODÉON

DANS LE GRAND AMPHITHÉATRE DE LA SORBONNE

pour l'Assemblée Générale de la Société Centrale de Sauvetage des Naufragés
le 10 Mai 1908

ÉDITIONS DE LA PHALANGE
6, villa Michon, 6 (rue Boissière)
PARIS

HYMNE A LA MER

POÈME

DE M. ROBERT DE SOUZA

DIT PAR MADEMOISELLE LUCIE BRILLE.

du Théâtre national de l'Odéon.

à l'*Assemblée générale de la Société Centrale de Sauvetage des Naufragés*,

le 10 mai 1908.

O infini! la parole devant toi, humble, est tremblante,
Et la Muse qui chante n'entend plus même sa voix!...

Je suis la Muse, une pauvre voix, ô mer, devant ta voix,
Mais je sens dans mon cœur le battement des ondes
Qui soulèvent la vie de monde en monde
Par la force du rythme et le sel de la foi.

O mer, dès l'origine des âges par les aubes vermeilles
Nous naissions tous et renaissions de toi :
La beauté s'éveillait, nue et pure, dans le soleil
Et dans l'écume où tu berçais notre enfance,
Comme une mère presse et roule son nouveau-né dans ses
[bras blancs.
O mer, deux fois mère, marine et maternelle,
Tous les sourires qui nous chauffent encor et nous enchantent
Nous viennent des berceaux clairs de tes îles d'orient,
Là-bas, où tu es rose des flammes d'or du ciel
Et sans un voile sous l'infinie lumière sereine...

Créatrice des races humaines,
Nourrice de notre sang,
Ta chanson est l'âme de nos songes
Et nos rives sont blanches de ton lait.

Songes qui nous grandirent des légendes qu'entraînent
Tes pas de multitude de terre en terre,
Nous entendions la forêt profonde répondre,
Et nos sources à leur tour, ruisselantes, chantaient
Les échos, les appels et plaintes humaines,
Qui mêlent des ondes sur les ondes
D'un bout à l'autre de l'univers.

Splendeur immaculée des vierges, gloire des dieux !
Les houles du temps, des vents, des fleuves, des forêts,
Propagèrent de tes chemins de lumière leurs victoires ;
Et tu restes l'évocatrice de nos yeux,
L'inspiratrice de nos oreilles,
Toi, le mouvement éternel
Qui porte en nous toujours la marche des aïeux.

Rien n'égale, éclatantes et douces, les merveilles
Que tu présentes au jour d'un liquide miroir,
Si bleu que tout entiers s'y renversent les cieux
Irisés des ruisseaux d'argent de leurs sillages,
Qui coulent selon les heures en de subtils mirages
Où nos visions attirent toujours plus loin l'espoir...

Joie des airs ! joie des eaux !
Joie des rayons et des réseaux
Que le soleil, roi des pêcheurs,
Lance, à grands filets sur les flots !

Joie des eaux ! Joie des airs !
Joie des rayons qu'emmaillent les vapeurs
Tirées entre des doigts de feu,
Et que moissonne par grandes brasses d'éclairs
La pêche miraculeuse d'un dieu !

Toutes les écailles des astres y sont prises,
Toutes les féeries du jour y épuisent
Tes fluides trésors incomparables, enchanteresse.
Et le rire des vagues dans la flûte des brises
Ruisselle sur la divine moisson de nos yeux.

Rires, et chants d'amour comme des soupirs ,
De plaisir dans des rêves de douce ivresse
Où les violes des vagues qui s'étirent
Harmonisent en nous d'indicibles tendresses,
Flux et reflux, les sons nous soulèvent, nous baignent
Dans une plénitude immense des choses,
Et toute l'âme en extase, ô mer ! à tes pieds nous déposent..

Des parfums soufflent de l'inconnu
Qui nous relèvent comme des appels ;
Des voiles nous font signe qui croisent avec les nues
Dans la filante jeunesse du vent,
Et le vieux sol natal nous pèse de tous ses ans
A voir la perpétuelle guirlande des ailes
Qui des vagues aux voiles et des voiles aux nues
Enlacent leurs libres courses vers l'inconnu.

Elans des vagues, élans des voiles,
Elans des ailes et des nuées,
Et vous, puissantes fumées,

Suspendues lourdes, noires, en vols de proie,
Emportez-nous vers l'aventure,
Vers les étoiles ignorées.

Toujours au delà, au delà de soi !
Toi seule, ô mer, recèles des conquêtes sûres
Qui se sont abandonnées à l'infini,
Victorieuses de l'espace et tous les ciels franchis.

Toujours au delà gît le trésor
Dans tes cavernes où guident et que gardent les chimères;
Des profondeurs clament les vaincus vers la lumière
Pour avoir cru étreindre un jour leur sort.

O éternelle fascinatrice du désir,
Chaque heure tu nous recrées à sans cesse le soutenir,
Des nuées aux fumées, des voiles aux vagues, aux ailes
Qui le portent d'un multiple essor !

Enchanteresse, tu es plus que l'aventureuse,
Et tu es plus que la berceuse
Des yeux, des oreilles, et des âmes dans ta joie unies :
Tu es la secourable, tu es la guérisseuse.
La souffrance confiante t'amène ses petits
Immobiles, comme déjà tordus dans leur bière,
Et dans tes sables chauds tu leur creuses un lit
Où tu les gorges du lait aux bonnes salures mousseuses
Qui les fouettent, et les redressent droits vers leurs mères,
Renaissantes enfin par toi de leurs petits.

Et tu rends à l'amour les frêles fiancées,
De tes claires richesses parées :

Leur chevelure au vent s'emmèle
D'une écume fugace blondie,
Leurs yeux luisent des nacres nouvelles
Que glisse l'aurore sur tes coquilles,
Leurs joues s'empourprent du soleil
Qui se lève dans tes pierreries,
Tout leur être aspire ta beauté
Au rythme des jeunes vagues jumelles
Qui débordent leurs mains pressées
De toute leur ardeur vers la vie.

On te doit tout : les rires, aussi hélas! les larmes.
Tu reprends les petits aux femmes quand ils sont grands,
Et jusque dans leurs bras leurs amants,
Amoureuse jalouse, terrible d'une brusque colère,
Qui t'enfonces dans la nuit et fais de tout une arme
Pour tuer nos enfants.

... Fracas d'horreurs, ténèbres dans la rafale,
Ricanements, craquements, arrachements,
Le vide hurle dans le noir.
Le cœur est dans la bouche une poire d'angoisse,
Et un effroi désespéré poisse
Autant que les crachats des vagues, guéules d'un monstre
Qui happe déjà dans ses dents.
Le vent écorche de toute la rage de ses ongles.
Tout est proche, là, sur soi, qui vous broie.
L'infini est étroit comme un poing de géant.
L'eau est un mur de cachot
Enorme, qui croule de tout son poids.
Les os éclatent avec la carcasse du bateau,
Et la planche de mort roule dans l'ouragan...

Suffocants, saignants, pantelants, —
Ah que nous frappe plutôt
Le poignard de la foudre qui déchire les ombres !
Que d'un seul coup l'on tombe,
Jeté aux gouffres de ton courroux.

O mer, nous te bénissons pour ces épreuves,
Qui trempent les cœurs ayant durci les corps ;
Tu es la grande éducatrice par la mort,
Et les héros aux cris de ta colère
Surgissent, aussi glorieux qu'humbles et purs.
Ils guettent, haussant le roc d'une vaillance debout,
La vie à la dérive de leurs frères,
Et chevauchant leurs inchavirables montures,
Ils affrontent le monstre dans ses remous.

Archange ! ô archange dompteur,
Archange du péril qui perças le dragon,
Vois tes fils admirables tirant des tourbillons
De la bête et de sa gueule ouverte
Les victimes qui pendent entre leurs bras vainqueurs !

Héros, héros ! tirez ainsi nos âmes de l'eau trouble,
Gonflez en nous la force des ancêtres
Des souffles du grand large des horizons,
Et nouez à notre poignet le harpon
Qui ramène de la honte le désespoir des races ;
Il est temps que nous apprenions à vivre de vous,
Vous qui ne fuyez point devant la face
Ricanante et camarde qui nous traîne fous, à genoux.

Hourra pour toi, ô mer, qui avec l'archange du courage
Enfantes dans la douleur ces mâles !
La Muse est là, qui les attend au rivage,
Bonne hôtesse, et comme une sœur
Avec des mains douces de servante,
Mais toute la chair frémissante
Du soulèvement d'âme de ses ailes.
Qu'ils soient heureux, les fils de la mer !
L'hôtesse à pleine bouche les embrasse,
Sauvés, sauvants, triomphateurs.
Qu'ils soient heureux, qu'ils soient fiers, les mâles !
Gagnant d'un vol le ciel des étoiles,
La Muse en détache d'immortelles
Pour qu'elles rayonnent sur leur cœur !

PARIS. — IMPRIMERIE LEVÉ, RUE CASSETTE, 17.

www.ingramcontent.com/pod-product-compliance
Lightning Source LLC
LaVergne TN
LVHW010818180726
843502LV00009B/3395